DISCARD

CUENTO
DE LUZ

A Grima, cuyas manos sanan, acarician y acunan,
pero, si es preciso, también conducen tractores que
cambian el mundo y acallan voces.

- Mar Pavón -

A Carmen, mi preciosa mamá: ¡una mujer especial,
con un moño verdaderamente monumental!

- Nívola Uyá -

Un tractor muy, muy ruidoso

© 2013 del texto: Mar Pavón
© 2013 de las ilustraciones: Nívola Uyá
© 2013 Cuento de Luz SL
Calle Claveles 10 | Urb Monteclaro | Pozuelo de Alarcón | 28223 | Madrid | España
www.cuentodeluz.com

ISBN: 9788415619611

Impreso en PRC por Shanghai Chenxi Printing Co., Ltd., enero 2013, tirada número 1335-01

FSC
www.fsc.org
MIXTO
Papel procedente de
fuentes responsables
FSC® C007923

Un tractoR muy, muy ruidoSO

Mar Pavón · Nívola Uyá

Una vez se vio por la carretera una señora subida en un tractor.

Llevaba el pelo sujeto en un monumental moño.

Al verla, un repartidor de pizzas gritó:

—¿Pero qué hace esa señora del moño en un tractor...?

La señora no oyó nada; de sobra es conocido que el ruido de un tractor en marcha es como... ¡el moño!: MONUMENTAL.

El tractor avanzaba por la carretera con la señora al volante, que, además de lucir moño, usaba anteojos de aumento.

Al verla, una ancianita que esperaba el autobús gritó:

–¿Pero qué hace esa señora de las anteojos en un tractor...?

La señora no oyó nada; de sobra es conocido que el ruido de un tractor en marcha es como... ¡las anteojos!: parece ir **en aumento**.

El tractor recorría la carretera con la señora al volante, que, además de lucir moño y usar anteojos, vestía un impermeable color azul fuerte.

Al verla, un cartero gritó:

–¿Pero qué hace esa señora del impermeable en un tractor…?

La señora no oyó nada; de sobra es conocido que el ruido de un tractor en marcha es como… ¡el azul del impermeable!: **FUERTE**.

El tractor iba por la carretera con la señora al volante, que, además de lucir moño, usar anteojos y vestir impermeable, calzaba unas botas altas.

Al verla, un albañil gritó:

—¿Pero qué hace esa señora de las botas en un tractor...?

La señora no oyó nada; de sobra es conocido que el ruido de un tractor en marcha es como... ¡las botas!: ALTO.

El tractor se desvió hacia una bonita urbanización donde abundaban los jardines, los pinares y los ladrillos rojos. Por cierto, además de lucir moño, usar anteojos, vestir impermeable y calzar botas, la conductora llevaba colgado en bandolera un bolso color rojo chillón.

Al verla, un niño gritó:

–¡Hola, señora del tractor!

La señora escuchó aquello perfectamente; de sobra es conocido que el grito

de un niño o una niña es como... ¡el rojo del bolso!: muy, pero que muy chillón.

El tractor se detuvo. La señora paró el motor.

–¡Hola, pequeño!

–¿Es tuyo el tractor?

–Pues sí. Lo uso para arar el campo.

–Cuando sea mayor, yo también tendré uno igual.

–¡Seguro! Bueno, ahora te dejo, que mi marido y mi hija

ya deben de estar esperándome para cenar.

–¿Hace tu marido la cena?

–¡Afirmativo!

–¿Y cocina bien?

–Para chuparse los dedos. ¡Es un excelente cocinero! Un día

de estos te invito y lo compruebas por ti mismo, ¿de acuerdo?

–¡Afirmativo!

El tractor volvió a ponerse en marcha con la señora al volante, que, además de lucir un moño monumental, usar anteojos de aumento, vestir impermeable azul fuerte, calzar botas altas y llevar un *bolso rojo chillón*, exhibía ahora la más arrebatadora de sus sonrisas.

Al verla a lo lejos, un señor con un delantal gritó:

—¿Pero qué hace esa señora de la sonrisa en un tractor? ¡Debería ir subida en una carroza!

La señora no oyó nada, pero no hizo falta; de sobra es conocido que los gritos del amor no se escuchan con los oídos, sino con el corazón.

Es decir, son como... ¡la sonrisa!: *arrebatadores*.

Aquella noche, como cada noche, el señor del delantal y la señora del tractor cenaron en compañía de su querida hija. La cena, como siempre, estuvo de rechupete. De pronto, la niña anunció solemne:

—Yo de mayor quiero tener un tractor y ser AGRICULTORA, como mamá.

Su mamá la miró con dulzura y firmeza a un tiempo. Después le respondió:

—Cariño, mi trabajo es muy duro, pero si es eso lo que deseas, ¡adelante!

Solo te daré un consejo: intenta que tu tractor sea muy, muy ruidoso.

Tanto, que te libre de escuchar los gritos de los necios.

Después de cenar, como cada noche, toda la familia colaboró en recoger la mesa.
Más tarde el papá fregó los platos, la mamá los enjuagó y la hija, mientras tanto, se lavó
las manos y los dientes, se puso el pijama y leyó su cuento preferido hasta que el sueño la venció.

El tractor aguardaba silencioso en el garaje. Al cabo de pocas horas, con el canto del gallo, su dueña volvería por él, con moño o cola de caballo, con anteojos o lentillas, con impermeable o abrigo, con botas o deportivas, con bolso o mochila... ¡Qué más daba!

Lo cierto es que, cualquiera que fuera su aspecto, aquella era su señora: la señora del tractor, la única señora agricultora de la comarca... de momento. Y quien lo dudara, solo tenía que preguntar a un niño o una niña, que siempre, siempre, ven las cosas como son.